Top Secrets - Segredos e Confissões
Thalita Ferraz

Editora:	**YesBooks Editorial**
Coordenação Editorial:	**Liana Carvalho**
Capa:	**Estúdio Zebra Serviços Editoriais**
Editoração:	**Estúdio Zebra Serviços Editoriais**
Revisão:	**Leonardo Bueno**
Fotos:	**Click Evento**
Impressão e Acabamento:	**Promove Artes Gráficas**

Copyright (c) 2016
Thalita Ferraz

Todos os direitos
reservados a: **YesBooks Editorial**
Rua Placídio Covalero, 341
Jd. São Lourenço
Bragança Paulista / SP
CEP 12.908-510
Falar com o autor: **contato@thalitaferraz.com**
(11) 3403.5129

Proibida a reprodução total ou parcial por
qualquer meio sem a autorização por escrito do autor.

 thalitaferraz05
 @thalitamakes
thalita_ferraz
 @thalitamakes

Prefácio

No mundo de hoje, tão conectado, muitas pessoas reclamam que a internet nos afasta do convívio social. Entretanto, sempre precisamos tirar algo positivo das situações, e foi assim que conheci a Thalita: de uma forma bastante inusitada no início do ano de 2015. Depois disso, passávamos horas trocando mensagens e áudios.

A Thalita ainda estava nos Estados Unidos, e isso me conectava ainda mais a ela, pois também faz parte dos meus sonhos fazer um intercâmbio, assim como o de muitos jovens brasileiros que desejam se realizar profissionalmente.

Sou uma YouTuber, e nossos canais tratam dos mesmos temas: de moda, beleza e entretenimento. Então o que não nos faltava era assunto! Com o tempo, passou a ser muito mais que isto; não só trocávamos experiências profissionais, como também dividíamos nossas emoções, sentimentos, medos e também grandes conquistas.

No início do ano de 2016, conseguimos nos conhecer pessoalmente, e com isso, a nossa amizade se fortaleceu ainda mais.

Passar a conhecer a Thalita e se tornar amiga dela só me trouxe mais admiração. O que ela mostra nos vídeos não chega nem aos pés da pessoa incrível, divertida e batalhadora que é. Este livro só prova mais uma vez isto. Uma garota pode ser independente, correr atrás de seus sonhos e se realizar na vida e no trabalho.

Apesar de tão jovem, a vida da Thalita passou a ser inspiração para muitos, principalmente por ter vivido em outro país e ter construído sua história.

Tenho certeza que este livro é apenas o início de uma carreira que será cheia de realizações e conquistas.

Julia C. Forti, YouTuber. | 10/08/16

Eu dedico este livro ao meu pai, à minha mãe, à minha irmã Thalia e a Deus, que sempre estiveram ao meu lado me dando forças quando mais precisei.

Agradecimentos

Agradeço a Deus por ter me dado força suficiente para batalhar pelos meus sonhos e conquistar tudo que eu já conquistei.

Quero agradecer também a todas as minhas seguidoras, leitoras e AMIGAS, que acreditaram no meu potencial e me deram forças nos momentos mais difíceis da minha vida. Se não fosse por elas, eu não teria chegado aonde cheguei.

Agradeço também à Editora YesBooks e ao Thiago Marques, que me ajudaram muito na construção e criação deste livro. Não foi uma batalha fácil, mas conseguimos chegar até o fim.

E não posso esquecer de agradecer aos meus pais, à minha assessora Elisa Dinis e aos meus amigos que acreditaram em mim e me apoiaram.

Sumário

Introdução 13

Capítulo 1 21

    Um sonho na cabeça e uma câmera na mão:
    como tudo começou 23

    Chicago! 30

Capítulo 2 33

    Vivendo sem fronteiras – minhas viagens 35

    Seul 39

    EUA 45

    Nashville Tennessee 53

    Notas do Capítulo 2 59

Capítulo 3 61

Chicago, um rio de oportunidades: o sonho do intercâmbio 63

A host family 73

Chicago é a cidade mais linda que já vi! 79

Capítulo 4 85

A beleza pertence a todos - o que todo mundo deveria saber! ..87

Dica para festas 95

As dicas mais populares: 97

Dica especial com vídeo exclusivo para os leitores! 99

Capítulo 5 101

Do primeiro beijo ao amor virtual - sentimentos à flor da pele 103

O namoro virtual que me levou ao hemisfério norte 109

Capítulo 6 117

O infinito de possibilidades para quem acredita em seus sonhos - planos para o futuro 119

O casamento dos sonhos 123

A felicidade tem que ser para todas 129

Introdução

UM POUCO DE MIM

Conhecer um pouco mais sobre esta garota da periferia de São Paulo que ganhou o mundo pelo YouTube não é tarefa fácil nem para mim mesma. Gente, desde pequena nunca fui muito de ficar com as patricinhas, sempre gostei de correr e brincar com os meninos. Até hoje não entendo como acabei gostando tanto de maquiagem, cabelo e moda. Acho que isso é amadurecer, né? Minha família tem uma mistura típica: paulista com nordestina!

Cresci em Itapevi com meus pais e minha irmã, estudei em colégios públicos, frequentei a igreja com minha família e tudo teria sido muito normal se, aos meus nove anos, não tivessem comprado um computador com internet lá em casa. A partir de então a cultura oriental adentrou minha vida como um furacão. Um ano em Caruaru despertou minha veia artística, principalmente a musical. Todos respiram música naquele paraíso dos trópicos!

Com 16 anos de idade eu já tinha um canal no YouTube onde falava sobre K-Pop e a cultura coreana. Publicava vídeos, participava de festivais, encontros e tudo que fosse ligado à cultura deles! Mas não só os coreanos me encantavam, sempre adorei mangás, animes e todos os expoentes da cultura oriental. Pois é, foi através da música que saí pela primeira vez do Brasil. Fui selecionada para cantar em Seul, viajei com tudo pago, conheci Dubai... nossa! Uma loucura!

Com esta experiência avassaladora continuei me dedicando ao canal, só que agora estimulada por meninas de todo o Brasil a ajudá-las com os cabelos e maquiagens. Na adolescência a aparência preocupa muito, e considero que auxiliar as meninas era uma missão que me pertencia! Mas nada foi fácil. Nesta época, assistia as estrangeiras e as brasileiras que davam dicas sensacionais e, aos poucos, fui me aprimorando.

Do meu primeiro vídeo ensinando a fazer um coque alto até hoje, muita água rolou. Vou contar a vocês minha experiência como babá nos Estados Unidos, minhas alegrias e sofrimentos!

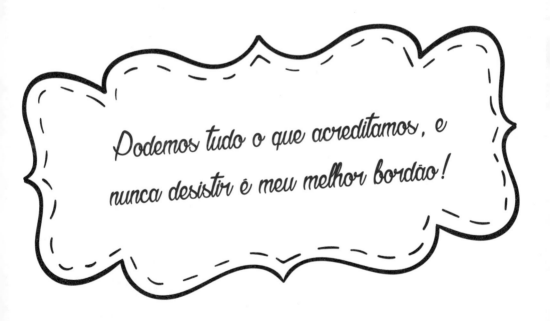

Podemos tudo o que acreditamos, e nunca desistir é meu melhor bordão!

Mas o mais importante: vamos falar de esperança e determinação! Podemos tudo o que acreditamos, e nunca desistir é meu melhor bordão!

Vem comigo, vamos nos conhecer melhor! Planos? Temos muitos para o futuro, para o presente! Sonhos realizados e novas metas a atingir. Casamento, viagens, perfumes, maquiagens, linhas de esmalte, o universo nos espera! Todas vocês que me seguem, me apoiam e me fizeram companhia quando eu mais precisava, um aviso: estamos sempre juntas. Este livro tem a nossa marca. A que foi traçada com nossa união e apoio de vocês, no dia a dia, nos momentos de extrema felicidade e de solidão gelada!

Capítulo 1

Um sonho na cabeça e uma câmera na mão: como tudo começou

Tudo começou em 2012, quando estava procurando tutoriais de maquiagem na Internet. Eu nem curtia cosméticos, pois era muito "menininho" e não fazia a mínima ideia de como me maquiar. Eu amava assistir os vídeos das "gringas", e descobria os melhores canais internacionais.

Quando comecei a assistir o passo a passo de como se fazer uma maquiagem, me veio a lembrança de que, desde pequena, queria ser famosa para que todos me conhecessem e gostassem do meu trabalho. Assim eu poderia encontrar uma forma de ajudar as pessoas a ficarem mais lindas e se amarem mais.

O YouTube seria o meio perfeito, a minha oportunidade!

Aprendi a fazer maquiagem com elas, pelo YouTube mesmo, e depois resolvi abrir um canal próprio para poder conhecer gente bacana, aprimorar meus conhecimentos e passar para as minhas meninas tudo o que havia de mais moderno e chique para que ficassem lindas!

> *Este foi meu foco desde o começo e ainda o mantenho hoje! Deixar as minhas amigas mais bonitas, de bem com a vida! Eu me empenhei muito para chegar aqui onde estou!*

No primeiro vídeo, ensinei a fazer um coque alto. Escolhi um penteado que estava muito na moda e comecei a ter contato com meninas que sempre me pediam para eu mostrar este cabelo. Lembro que recebi alguns comentários positivos. Não foram muitos, mas foram suficientes para me incentivar a continuar.

Mesmo assim continuei seguindo em frente!

Depois disso fiquei um tempão sem gravar mais nada. Gente, eu gravei com a webcam, aquela do computador, e estava assim, sem luz adequada e com iluminação insuficiente. Ficou muito escuro. Alguns meses depois decidi que deveria investir em equipamentos e comprei uma câmera amadora da Sony, mas era bem melhor que a minha webcam, claro. Eu usava as luzes comuns de cozinha ou do quarto e a extensão da minha mãe, e pendurava na parede para ficar mais perto de mim.

O pessoal que me acompanha desde o começo assistiu os vídeos feitos com uma câmera amadora e com uma luz improvisada, e essa fidelidade me animava a permanecer lá, sempre me esforçando para dar um bom conteúdo. Nunca fui de falar muito, desde o início preferi apresentar bons tutoriais de cabelo, maquiagem, moda e roupas.

"Se foi possível pra mim é possível para você, nada é impossível para Deus!"

Este foi meu foco desde o começo, e ainda o mantenho hoje: deixar as minhas amigas mais bonitas, de bem com a vida! Eu me empenhei muito para chegar aqui onde estou! As dificuldades não me desanimaram, continuei gravando para aprimorar cada vez mais os meus vídeos.

Decidi assistir as YouTubers brasileiras e aprender com elas também. Adoro a Taciele e a Bianca Andrade, para citar somente duas. Na época, eu queria ser como elas: conseguir gerar tutoriais de qualidade, em uma linguagem que todos pudessem aprender, além de ter muitos seguidores e ser reconhecida pelo meu trabalho!

Enquanto eu estava no Brasil não me dedicava tanto aos vídeos, fazia um por semana. Às vezes ficava de duas a três semanas sem publicar nada. Não tinha a frequência necessária para estabelecer um contato mais íntimo com minhas seguidoras.

Se foi possível para mim é possível para você, nada é impossível para Deus!

Não é fácil! O começo não é mole para ninguém. Não foi brincadeira para mim nem para as outras blogueiras grandonas que estão por aí! Você tem que se esforçar muito, ter força de vontade e trabalhar com algo que você goste. Se não amar aquilo que faz, nunca se destacará.

Tem que ter paixão! Você precisa marcar um objetivo: chegar a tantos inscritos, por exemplo, e aí começar a gravar e a se aprimorar. Nem todo mundo tem bons equipamentos no começo, mas aos poucos é possível comprar e melhorar a qualidade técnica dos vídeos.

Como eu já gravava vídeos cantando em coreano, não foi tão estranho assim começar com as dicas de moda e make up. Quando voltei da Coreia do Sul - gente, depois contarei tudo sobre minha aventura no Tigre Asiático - conheci um menino pela internet que era coreano, mas morava nos EUA. Nos tornamos ótimos amigos e ele me ensinou inglês pelo Skype! Acreditam? Ficamos dois anos conversando horas e horas, todos os dias! Bem, depois de tanto tempo juntos, viramos namorados virtuais. Foi ele quem me convenceu a fazer o intercâmbio de Au pair (você mora na casa da família americana para tomar conta das crianças).

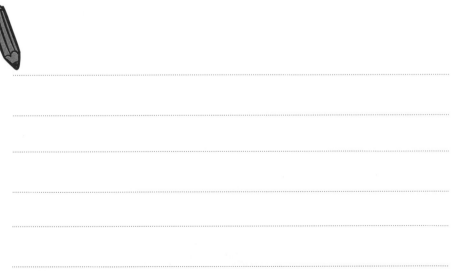

Você precisa marcar um objetivo. Qual é o seu?

....

....

....

....

....

Chicago!

Em 2013, quando cheguei aos EUA, me sentia muito sozinha. Mesmo tendo amigos e um namorado, eu me sentia só. Acabou que o canal do YouTube foi uma companhia para mim. Comecei a gravar vídeos porque do mesmo jeito que me faria companhia, eu sentia que poderia contribuir para que outras meninas solitárias pudessem elevar sua autoestima, e isso era o que eu mais gostava de fazer. Quando você percebe que o seu trabalho pode deixar todas em torno de você se sentindo bem e ficando mais bonitas, tudo faz sentido.

Às vezes, na parte da tarde ou nos fins de semana, eu ficava muito sozinha, nem saía com minhas amigas. Então o meu canal do YouTube era minha melhor companhia, pois ali eu me comunicava com muitas outras "Thalitas" solitárias que eu precisava colocar para cima, para o alto e avante!

Foi aí que comecei a me dedicar ainda mais, quando o canal começou a crescer. Eu gravava de dois a três vídeos por semana, interagia muito com meus fãs, que eram e ainda são meus amigos. Gosto muito de conversar com as pessoas que me seguem, porque elas são minhas queridas companheiras.

Além dessa época difícil nos EUA, eu passei por outros apuros, sentindo saudades da minha família, da minha cidade e do Brasil. Sim, foram estas meninas, que me seguem até hoje, que me apoiaram e não me deixaram desanimar e nem ficar deprimida! Por isso eu sempre dou o meu melhor. Vocês são minhas amigas e companheiras sempre, porque eu sei que no momento em que eu precisei vocês estavam lá por mim e tornaram possível a realização de um sonho.

Capítulo 2

Vivendo sem fronteiras – minhas viagens

Eu nasci em Carapicuíba e fui criada em Itapevi, que são cidades no Estado de São Paulo, bem perto da capital. Como minha mãe é pernambucana, passei um ano em Caruaru, uma linda cidade no sertão de Pernambuco. Minha família é muito unida. Meus pais, minha irmã sete anos mais nova e eu!

Quando eu tinha 14 anos, em 2007, nos mudamos para Caruaru para ficarmos mais próximos dos familiares da minha mãe. Foi uma experiência bacana. Acho que posso dizer que foi a melhor época da minha adolescência. Lá fiz muitas amizades e tenho lembranças maravilhosas deste ano nordestino da minha vida. Nesta época, eu tinha uma turminha mega animada que tocava violão nos intervalos entre as aulas e em qualquer lugar que íamos! Caruaru é uma cidade muito calma com uma gente simpática e acolhedora.

A gente tinha um grupo que variava de 8 a 10 pessoas, e éramos muito unidos. Lembro da Rayana, da Carol, e tinha o Bruno e o Kléber. Jogávamos handebol, íamos a uma pista de skate que tinha perto da escola. Nos divertimos muito naquela época! Meu primo me emprestou um violão e a Evelyn me ensinou a tocar várias músicas pop rock que eu curtia muito! Nossa, a música dava o tom da minha vida naquela época!

Aí meus pais resolveram voltar para São Paulo. Foi doloroso deixar as altas temperaturas e os calorosos amigos de Caruaru e voltar para Itapevi. O novo colégio e o ensino médio pareciam frios e desconhecidos. As pessoas em São Paulo são bem mais reservadas. Mesmo assim, não demorei a fazer novos amigos!

Conheci Tatiana e Deisiane no primeiro ano. Éramos um grupinho fechado. Eu sempre sentava no fundão, e nos classificavam entre os *nerds* e os bangunceiros... o ensino médio me presenteou com amizades que trago até hoje!

Qual é o seu grupo de amigas?

A primeira viagem internacional aconteceu por causa da minha paixão por K-Pop[1] - o pop coreano. Meu trabalho foi selecionado entre milhares de vídeos de cantoras e fui me apresentar nas finais mundiais de K-Pop em Seul, na Coreia. Naquela época eu aspirava todos os ventos do oriente! Gente, eu cantava em coreano, me apresentava em eventos, comia e bebia tudo que fosse da Coreia do Sul.

Em 2011 eu já integrava a massa de pessoas que assiste e produz vídeos para o YouTube, só que eu gravava vídeos cantando em coreano. Amava K-Pop e vivia assistindo tudo, cantando e gravando vídeos. Naquela época eu consumia a cultura coreana: comidas, moda, música, enfim, tudo que fosse deste magnífico Tigre Asiático! Cantava em vários encontros coreanos no bairro do Bom Retiro, em São Paulo. Conhecia todas as Boy Bands[2] e Girl Bands[3] coreanas, como DBSK, SHINee, Big Bang e MBLAQ, que eram as top Boy Bands coreanas, com lindos cantores e dançarinos que arrebataram corações pelo planeta. Claro que tem para todos os gostos. As meninas da Girls Generation estão no top 10 das paradas de sucesso, assim como as da 2NE1, que são gatíssimas e cheias de talento.

Eu era muito fanática por tudo das culturas orientais, como mangás e animes, tipo Naruto, Pokémon e Sailor Moon. Adorava Cosplay (fantasias de personagens do mundo dos quadrinhos orientais) e achava todos os meninos de olhinhos puxados os mais lindos! Até os 21 anos este era meu universo!

Então apareceu um concurso de vídeos promovido pelo canal coreano MBC TV Korea pelo YouTube. Era um programa para cantores, tipo o *The Voice*, só que internacional. De 100 mil participantes de todo o mundo seriam classificados 30 para ir à Coreia, e eu fui uma das escolhidas pelo juízes coreanos.

Uma semana depois de mandar o vídeo recebi a mensagem da produção do canal e fui. Eles bancaram tudo, desde as despesas de viagem até hotel e alimentação. No voo da Emirates Airlines já tive uma amostra de como seria a experiência: muito rica e incrível. As aeromoças usavam roupas bem legais no estilo árabe, e foi neste clima de 1001 noites que chegamos a Dubai, nos Emirados Árabes Unidos, a primeira escala da viagem. Fiquei cinco horas no aeroporto de Dubai, que é lindo.

Minha semana em Seul, a capital da Coreia do Sul, foi muito difícil, porque naquela época nem inglês eu falava. Apesar de todos os obstáculos, a experiência mostrou-se maravilhosa. Conheci pessoas incríveis e lugares exóticos do extremo oriente. Passeamos por Seul nos dois primeiros dias e depois fomos ensaiar para a segunda fase da competição. O programa tinha plateia, fiquei muito nervosa e não passei para a próxima fase, mas o que valeu foi a experiência maravilhosa e amigos que guardo até hoje!

Quando cheguei de Seul, fiz amizade com um americano filho de coreanos pela internet. Ele me ensinou inglês pelo *Skype* durante dois anos e me convenceu que fazer intercâmbio seria a melhor coisa para mim! Viramos namorados virtuais. Mas o projeto deu certo e fui parar na terra do Tio Sam. Depois conto tudo com detalhes sobre o namoro!

Logo que cheguei aos Estados Unidos, em 2013, tive a minha primeira semana de treinamento em Nova Iorque para o programa de *Au pair*[4], e foi aí que conheci o meu namorado - até então virtual - no aeroporto JFK.

Nova Iorque é realmente a capital do mundo, uma cidade enorme com gente de todos os lugares do planeta. Tem vários lugares com características diferentes e suas culturas específicas, como o grafite e a cultura dos negros do Bronks e o centro financeiro de Wall Street, com seus engravatados. Bem no centro da Ilha de Manhattan tem o charmoso Central Park e suas ciclovias e charretes chiquérrimas!

Gente, às 2 horas da madrugada eu fiz compras na Avenida que nunca dorme, todas as lojas estavam abertas na Times Square. Conheci também a Avenida Broadway, que é muito bacana! A Broadway concentra teatros incríveis com os espetáculos musicais mais transados do planeta.

Fui muitas vezes à Nova Jersey, pois meu namorado morava lá, e conheci inúmeros brasileiros que vivem na cidade, inclusive uma amiga YouTuber.

Minha família americana - *host family*[5] - me levava para onde fossem. Viajamos muito para a Flórida, um estado quente e tropical no sul dos EUA. Fomos ao Walt Disney, em Orlando. Engraçado, pensei que seria um sonho, mas na verdade não achei nada disso que as pessoas falavam. Achei que o parque é mais focado nas crianças do que nos adultos, porém vale muito a experiência. Fui em alguns brinquedos. Gostei muito da caverna do Batman. Um dos melhores brinquedos de lá tem uma estrutura de filme de ficção científica com o Batmóvel e as roupas que transformam Bruce Wayne no vingador mascarado. Muito legal! Orlando não tem muita coisa para fazer além do parque da Walt Disney e a Universal, que vale muito a pena ver.

> " *A Broadway concentra teatros incríveis com os espetáculos musicais mais transados do planeta.* "

Ficamos hospedados na casa de uns amigos da minha *host family*, em Miami. A praia de lá - Miami Beach - é linda. Eu só não saía de noite porque era a babá das crianças! Acho que se algum dia eu voltar aos EUA gostaria de morar na Flórida, pois é quente e cheia de brasileiros!

Depois de um tempo em Chicago já tinha amigos e um novo namorado. Em uma das minhas folgas aproveitamos para conhecer um lugar incrível, onde nasceu a música rural americana, e é a cidade que lança ídolos desde 1950 até os dias de hoje!

Qual a sua viagem dos sonhos?

Na cidade onde todos os talentos dos EUA se encontram para buscar a fama e o sucesso na música country[6], passamos quatro dias. Fomos meu namorado, eu e um casal de amigos. Gente, é o lugar para quem gosta de usar botas e chapéu de *cowboy*. A cidade respira *country*! É muito legal mesmo! Tudo lá gira em torno da música. O Elvis Presley começou sua carreira por lá, e tem um museu no primeiro local onde ele tocou! Taylor Swift, a princesa do country, também usou esta cidade como trampolim para a fama!

É o lugar da festa. A maioria dos bares têm música ao vivo e todos ficam cheios de gente.

Tem baladas em todas esquinas. Meu local favorito é o Acme. É um bar com três andares, onde você pode dançar, comer e beber sempre vendo muita gente interessante, pois é muito badalado. Bem em frente ao Acme tem um Hard Rock Cafe, que todo mundo conhece! Se você gosta de música country, usar chapéu e botas de *cowboy* lá é o seu lugar!

Além da diversidade de novos talentos nos milhares de bares, Nashville conta com vários museus muito legais. Além do museu do Elvis, o Country Music Hall and Fame Museum (Museu da Fama e da Música Country) conta a história desse estilo musical desde os primórdios. O Cheekwood Botanical Garden and Art Museum (O Museu de Artes e Jardim Botânico Cheekwood) e o First Center of Visual Arts (Primeiro Centro de Artes Visuais) já são voltados para as artes visuais, que eu amo! A capital do Tennessee conta com uma enorme quantidade de atrações incríveis. Com certeza voltarei a Nashville porque é uma cidade muito vibrante!

Bem, morei dois anos em Chicago, no intercâmbio, e deixarei para falar desta cidade incrível no próximo capítulo!

Notas do Capítulo 2

1 K-Pop: forma moderna da música pop sul-coreana, que abrange: dance-pop, pop ballad, electronic, rock, metal, hip hop e R&B. Fonte: Wikipédia

2 Boy Bands: bandas compostas por garotos coreanos que dançam e cantam.

3 Girl Bands: bandas de meninas coreanas que dançam e cantam com perfeição o K-Pop.

4 *Au pair*: é um programa de trabalho remunerado, estudo e intercâmbio cultural nos EUA, com duração mínima de um ano, regulamentado pelo governo.

5 *Host Family*: família anfitriã. É a família que escolheu você e com quem você mora e trabalha!

6 Música *country*: é o sertanejo americano nascido no Tennessee.

Música *pop*: seu início foi caracterizado pela forma da balada sentimental, obtendo o uso de harmônias vocais da música evangélica e do *soul*, a instrumentação do jazz, da *country music* e do rock, a orquestração da clássica e o andamento da dance music, sendo sustentada pela eletrônica e por elementos rítmicos do *hip hop* e recentemente apropriou-se de passagens faladas do rap. Fonte: Wikipédia.

Capítulo 3

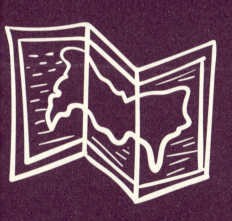

Chicago, um rio de oportunidades: o sonho do intercâmbio

Em 2012 decidi fazer o intercâmbio. Fiquei um ano esperando uma família me escolher, pois o *Au pair* é um trabalho com crianças, totalmente legalizado, e com famílias americanas. Tem várias agências de turismo que trabalham com este tipo de projeto. Eu fui pela CI, que exige experiência de trabalho com crianças (tem que ser comprovada através de documentos), carteira de motorista, e precisa ter mais de 18 anos de idade e o ensino médio completo.

Levei 3 meses para preencher as exigências do formulário gigante! Tem que preencher o *Application* com dados precisos, pois além de muitos documentos você precisa de atestados médicos para garantir saúde perfeita! As horas trabalhadas não podem ser de um irmão ou de familiares!

Eles fazem um perfil *online*, com fotos e experiências anteriores. Você grava um vídeo de apresentação para que as famílias a conheçam melhor.

Fiz várias entrevistas pelo *Skype*, pois precisamos conhecer bem a família com quem iremos morar por dois anos! Levei um ano para conseguir a família perfeita, pois queria morar perto de Nova Iorque por causa do meu namorado virtual que vivia lá.

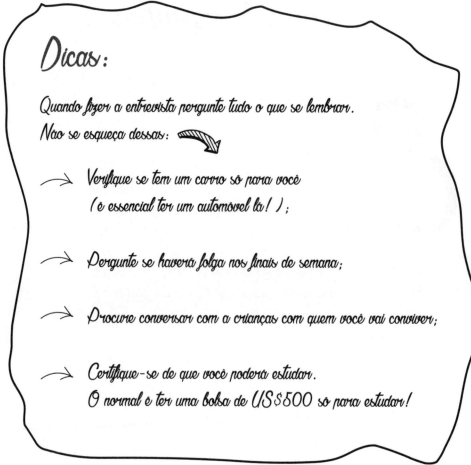

Dicas:

Quando fizer a entrevista pergunte tudo o que se lembrar. Não se esqueça dessas:

→ Verifique se tem um carro só para você (é essencial ter um automóvel lá!);

→ Pergunte se haverá folga nos finais de semana;

→ Procure conversar com a crianças com quem você vai conviver;

→ Certifique-se de que você poderá estudar. O normal é ter uma bolsa de US$500 só para estudar!

Busque uma agência: você paga uma taxa pelo serviço, mas sem dúvida vale a pena, porque você pode ficar até dois anos nos Estados Unidos e ainda mudar de família no final do primeiro ano. As especificações necessárias são:

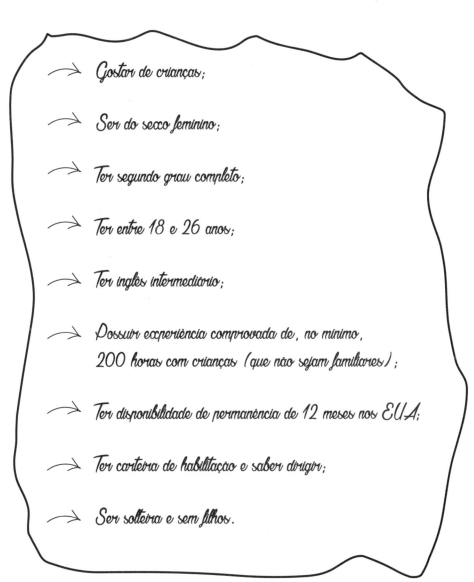

- Gostar de crianças;
- Ser do sexo feminino;
- Ter segundo grau completo;
- Ter entre 18 e 26 anos;
- Ter inglês intermediário;
- Possuir experiência comprovada de, no mínimo, 200 horas com crianças (que não sejam familiares);
- Ter disponibilidade de permanência de 12 meses nos EUA;
- Ter carteira de habilitação e saber dirigir;
- Ser solteira e sem filhos.

Match é quando você fecha com a família para viajar. Eles pagarão todos os gastos. Passagens, lanchinho, translado até o aeroporto e tal. Para conseguir o visto não há problemas, é fácil, pois a família americana está te convidando. Levou somente uma semana. No dia 17 de novembro viajei para os EUA. O voo foi ótimo e não tive problemas com a imigração, foi tudo "de boa", mas soube de outras amigas que ficaram presas na chegada, pois os federais desconfiaram delas! Terrível. Comigo deu tudo certo.

Eu e as outras meninas do *Au pair* fomos fazer um treinamento de uma semana em Nova Iorque. Antes de encontrar a família, todas as selecionadas passam por este curso, que tem vários instrutores e é bem puxado. Naturalmente, sobravam algumas horinhas por dia para conhecer a cidade. Fui pela agência *EurAupair* e dormi com uma companheira italiana super gente fina, mas tinha muitas brasileiras, que são minhas amigas até hoje. Cada menina segue para um estado diferente, mas continuamos mantendo contato.

> *Match é quando você fecha com a família para viajar. Eles pagarão todos os gastos. Passagens, lanchinho, translado até o aeroporto e tal.*

Nas instruções dadas, constam os hábitos americanos diferentes dos nossos, como lidar com as crianças, quem devemos chamar em caso de acidentes e muitas outras informações realmente importantes para estarmos preparadas antes de conhecer a nova família. Saí de Nova Iorque e fui para Chicago para finalmente conhecê-los. Eu estava sem fôlego, muito nervosa. Eu só os havia visto pelo *Skype*, o que não é a mesma coisa. Fomos todas para o mesmo aeroporto. Uma adrenalina de duas horas e meia de viagem com o coração na mão.

Link para o vídeo
"Como é Ser uma Au Pair?"

Aproxime seu celular com leitor de QRCODE, ou busque Thalita Ferraz no Youtube.

Você já ficou sem fôlego, muito nervosa? Quando?

Quando cheguei ao aeroporto de Chicago mandei mensagem para o meu *host dad* (pai anfitrião), que me esperava do lado de fora do aeroporto. Não deu muito certo, porque fiquei rodando e não encontrava eles. Meu telefone brasileiro só conseguia mandar mensagens de texto, e isso dificultou o encontro. Então ele mandou que eu esperasse dentro do aeroporto e passou na minha frente com as duas crianças e a *host mom* (mãe anfitriã). Eles não me reconheceram, e nem eu a eles. Me toquei que eram eles por causa da careca do *host dad* (pai anfitrião) que eu já tinha visto no *Skype*! Estávamos todos sem saber como se comportar. Eu estava muito tímida e o pai da família também mega sem graça, todo formal. Mas a Anna, minha *host mom* (mãe anfitriã), foi super simpática e as crianças trouxeram um pôster fofo me desejando boas vindas.

Depois de dois dias fomos todos para a Flórida. Emma e Dylanww, as crianças, eram difíceis, pois a menina era tímida e o menino um pestinha! Ficamos hospedados na casa de amigos deles, super simpáticos. Fomos à Disney e à Lego Land. Passei muito tempo em casa cuidando das crianças, porque os pais adoravam festas e saíam muito.

Os três primeiros meses foram duros, pois fiquei muito deprimida, com muitas saudades de casa. *Homesick* - doença da saudade! É normal sentir-se assim. Muitas *Au pair* relataram a mesma experiência! Eu tinha um carro velho para ir aonde quisesse, mas não tinha amigos. Então descobri que havia uma coordenadora local para nos ajudar. Fiz um post no Facebook e descobri vários brasileiros lá. Conheci a Rose, que foi *Au pair* e agora estava casada com um americano e já morava lá há bastante tempo. Ter brasileiros perto de você é como ter uma família local. Sempre, em qualquer situação que eu precisei, estavam lá para me ajudar e me dar força.

Alguma vez suas amigas já ajudaram você? Quando?

....

....

....

....

* São nomes fictícios a fim de preservar a identidade da família

A partir daí me desenrolei, pois tinha um carro para ir a qualquer lugar que desejasse. Conheci a Carla, que morava a cinco minutos da minha casa. Meu carro vermelho, ano 91, era muito feio e velho. Passei muita vergonha, pois eu saía toda bem vestida, maquiada. Meus amigos me zuavam muito! O carro fazia um barulhão, que se ouvia a quilômetros! No inverno fazia ainda mais barulho. Deixávamos o carro bem longe, e antes de entrarmos nele olhávamos em volta para ver se não tinha nenhum cara bonitinho olhando a gente entrar naquele carro feioso.

Teve uma noite em que a Carla e eu fomos ao cinema. Era inverno e fazia muito frio, mas assim mesmo deixamos o carro bem longe. Na saída do cinema vieram uns garotos lindinhos atrás da gente e ficamos fazendo hora para que não nos vissem entrar no nosso *old ugly car*! Quase congelamos! Nevava bastante, e para a roupa ficar bonita, não levamos casacos pesados; quase viramos picolé!

> "Nevava bastante, e para a roupa ficar bonita, não levamos casacos pesados; quase viramos picolé!"

É preciso pesquisar como é a família. Não é fácil ser *Au pair*, pois a agência diz que você pode trocar de família quando quiser, mas não é bem assim. Quando eu quis trocar responderam que ou ficava onde estava ou voltava para o Brasil. Quando você conversa pelo *Skype* eles são muito gentis e tudo parece um mar de rosas, mas o dia a dia é bem diferente. Eles nunca me maltrataram, mas o *host dad* era muito fechado e nunca me deixavam à vontade. Não havia uma relação de amizade.

Eu tinha que cuidar de tudo das crianças. Uma vez lavei as roupas e esqueci de colocar na secadora. Ele veio com tudo, dando a maior bronca, mas a *host mom* me defendeu e protegeu. Acordava às 6h para dar café, vestir e levar as crianças para a escola, onde ficavam até as 4h da tarde. Isso era ótimo, pois ficava o dia todo mais tranquila, na boa. Depois que pegava as crianças no colégio eu trabalhava mais 4 horas, ajudava no banho e a pôr as crianças na cama.

Às 8 da noite, assim que eu terminava meu trabalho, eu corria para o meu quarto porque não me sentia em casa! Nunca sentei na sala para assistir TV. Eu me sentia incomodando. No segundo ano eu não via a hora de sair daquela casa! Foram experiências boas, mas a família não. Era comum eu sair chorando porque o garoto não me obedecia e respondia feio, porém nada acontecia! Oh menino mimado e malcriado! Foi uma época bem difícil, tem que se escolher muito bem a família.

"Dica: Tem que se escolher muito bem a família."

As máquinas são fantásticas, a lava-louças, a lavadora e secadora de roupas, e eu não sabia usar nada disso. Os carros também são automáticos. Com isso me acostumei rápido, porque é muito bom! Nunca me perdi, lá o GPS funciona perfeitamente, pois Chicago não tem montanhas e eu sempre conseguia chegar onde desejava.

Chicago é a cidade mais linda que já vi!

Quando cheguei, fiquei olhando para cima como que hipnotizada, tamanha beleza e grandeza dos prédios e construções. As pessoas são belíssimas e super bem vestidas na cidade grande, penteadas e maquiadas. Pareciam ter saído de um filme de *Hollywood*, ao contrário das cidades pequenas, onde há muita gente que não se importa com a aparência ou com seu peso. Chicago abriga o encanto de uma cidade de deuses.

Em Chicago é importante aprender a se planejar antes de sair. Se você pretende fazer um passeio, por exemplo, não basta simplesmente verificar o endereço e partir. Você precisa fazer contato com o local, saber dos dias e horários que o museu abre, se há preços promocionais e até como deverá chegar lá. Outro passo importante é verificar a previsão do tempo, pois em Chicago o tempo é bem imprevisível.

Um dia pode estar muito frio e haver necessidade de usar casacos mais "pesados", enquanto que no dia seguinte você estará usando blusinhas de alça e shorts, já que a temperatura subiu. Quando chega o verão, os meses de calor são maravilhosos, pois eles concentram os programas mais bacanas para esses sessenta dias.

Já peguei 50°C abaixo de zero. Não dá nem para sair de casa. Cancelam as aulas, pois é muito frio. O aquecimento é farto na maioria das casas e locais públicos, e se você andar de carro, que também tem aquecimento, não sofrerá com o frio, ainda que seja extremo. Quando se chega nos lugares, sempre existe um espaço para se colocar os apetrechos pesados de inverno e todos ficam leves e quentinhos dentro de casa, igreja, bar, boliche, etc.

Eles já nasceram com a cultura do frio e vivem confortavelmente, vestidos com calça jeans, sapato e meia, uma camiseta por baixo e uma camisa de botões por cima (no caso dos homens). Para ir do carro até o prédio se usa um casaco mais pesado e pronto. No caso das meninas, basta calça jeans, suéter, cachecol e luvas. Usar botas e toucas é super elegante, uma jaqueta por cima e já está pronta para arrasar em qualquer lugar de Chicago. A cidade é limpa. Esplendidamente linda. Viajar foi, sem dúvida, uma das melhores experiências que tive, e é muito legal dividir isso com você!

Capítulo 4

Thalita Ferraz

A beleza pertence a todos – o que todo mundo deveria saber!

A maquiagem não pode aparecer mais do que as suas expressões. A ideia é realçar o belo e esconder as imperfeições! Não existe mulher feia; o problema é que a maioria não sabe realçar seus pontos altos e minimizar o que não é tão agradável aos seus próprios olhos. Você só fica bonita quando se achar linda! Seja tolerante consigo mesma, pare de procurar defeitos em você e use a maquiagem somente como um toque de classe.

Comecei a me maquiar aos 16 anos - antes disso minha mãe não deixava. Aos 17 eu já fazia a sobrancelha, colocava um lápis no olho e passava um pó, sempre primando pela discrição. Na sequência fui usando delineador, sombras, um batom, sofisticando de leve, porque era muito jovem. Quem me inspirou muito foi a YouTuber Xcloseteral, que na época era muito famosa, mas que hoje nem atua mais.

Outras musas inspiradoras foram Michelle Phan, que é muito boa e bastante conhecida. Ela muda o rosto de qualquer um e trabalha com maquiagem de forma brilhante. Quem também manja demais é a Dulce Candy. Ambas criaram canais no YouTube e, além de me ensinar muita coisa, me mostraram que era só eu ter força de vontade que poderia ter o meu próprio canal. Hoje em dia vario os assuntos, mas quando comecei era só cabelo e maquiagem!

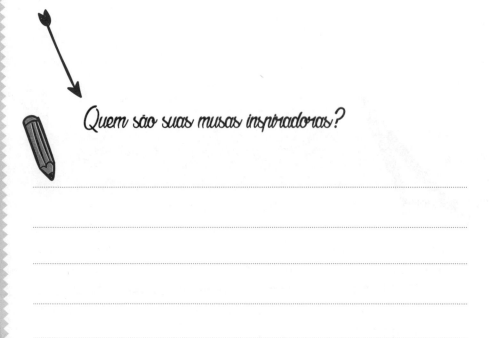

Quem são suas musas inspiradoras?

Depois do meu primeiro vídeo, aquele do coque alto, muita gente me deu força e mostrou que não seria fácil a trajetória, mas se eu não tivesse perseverança nunca teria sucesso com meus vídeos! Mesmo não conseguindo gravar muito, eu nunca desisti. Criei mais três vídeos de penteados, não entendia bem de maquiagem. Ainda estava aprendendo com as gringas.

No começo, muitas meninas criticavam minha maquiagem por ser clarinha e sem muitas cores berrantes! Na mesma medida que chegavam críticas negativas, garotas de todo o país me incentivavam a continuar. Eu tinha visto uma foto de um penteado com trança embutida muito difícil de fazer. Como cabelo era o meu forte, fiquei duas semanas tentando acertar a trança. Já chorava de desespero de tanto errar, até que uma hora eu consegui e foi um sucesso! Hoje em dia este vídeo tem mais de 3 milhões de visualizações. Aprendi que quando um vídeo começa a ficar difícil de sair é porque será o melhor de todos!

Como você gosta de se maquiar?

....

....

....

....

Dica para festas

Como arrasar no *make up*: antes de tudo, garanta um bom *primer* para começar os trabalhos. Vai ajudar para que sua maquiagem dure muito tempo, aí você poderá suar, dançar e ficar à vontade para se divertir sem perder o glamour. Festas duram muitas horas, e para garantir que tudo esteja no seu lugar este primeiro passo é imprescindível. Uma base de cobertura alta proporcionará uma pele perfeita para todas as fotos.

Para uma pele bem preparada, indico a base da Mac, mas quem não puder comprar desta marca, que é um pouco cara, pode ser a da Maybelline. Uso a Fit Me Matte. Se o evento for noturno, uma sombra bem chamativa com bastante brilho e esfumaçada dará um ar chique ao seu olhar. Não se esqueça que se a sombra com glitter ficar forte, o batom tem que ser nude. Este equilíbrio dará um ar chique sem ser chamativo além da conta! Elegante.

Na maquiagem não existe um padrão. É como você se sente bem consigo mesma.

O look para a festa pode ser mais justo, mas sem ser muito curto ou muito longo. Brilho à noite arrasa sempre. Uma festa diurna não pede brilho. Fica brega! O preto fica muito pesado para o dia. Os cinzas, tons pastéis e nudes estão em alta!

Há muitos penteados para cabelos curtos ou longos. Para uma festa, o cabelo solto com ondas é o que há! O coque alto sempre fica chique. Pode deixar uma parte presa e outras soltas. Tranças embutidas ou espinha de peixe ficam o máximo para o dia e para a noite.

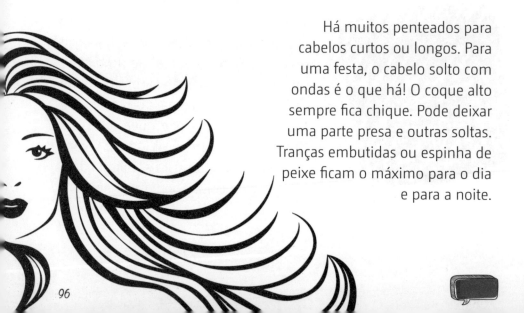

As dicas mais populares:

Como secar as unhas com rapidez: depois que você terminar de pintar coloque-as num potinho com água e gelo. A secagem é muito mais rápida e todas amaram esta dica. Eu garanto que dá certo porque faço sempre!

Como criar batom com a sombra para olhos: aquela paleta com as cores mais incríveis, que você não encontra nos batons, já pode compor o seu *make up*. Pegue a sombra e misture com manteiga de cacau ou um hidratante labial e passe na boca. Não resseca e a cor fica maravilhosa!

Um look para qualquer situação precisa ter equilíbrio. Se você quer usar uma saia mais curta, lembre-se que o decote não pode ser muito ousado. Se a blusa é decotada, use uma saia mais comprida ou uma calça. A mesma relação deve ser lembrada para os shortinhos! Ao vestir um short curto não use um sapato muito alto. Além de não ser elegante, podem te confundir com uma piriguete!

Aqui estão as melhores dicas do meu canal!

Aproxime seu celular com leitor de QRCODE, ou busque Thalita Ferraz no Youtube.

Capítulo 5

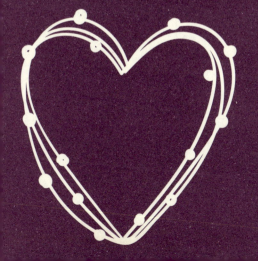

Do primeiro beijo ao amor virtual – sentimentos à flor da pele

Eu sempre gostei muito de brincar com os meninos. Enquanto minhas amigas se apaixonavam, eu adorava os meninos como meus companheiros de bagunça! E foi assim até os meus 16 anos de idade lá em Itapevi. Enquanto minhas colegas de escola estavam suspirando pelos garotos, eu queria brincar com eles, jogar bola, pega-pega, polícia e ladrão e qualquer atividade bem movimentada. Não estava nem aí para aquela história de namoro ou brincar de boneca.

Aos 12 anos dei um selinho num dos mais bonitos da turma para provar que não era lésbica, e deu certo. Nunca mais me chatearam com isso. Então, meu primeiro beijo foi mais uma forma de me livrar das coleguinhas chatas que me chamavam de machinha! Criticavam meu comportamento infantil e me rotulavam de "sapatão". Para acabar com isso, resolvi dar o meu primeiro beijo com testemunhas a fim de resolver esta questão de uma vez por todas. Eu estava muito receosa, foi num tempo vago da aula de português. Fomos lá para atrás da escola, na quadra esportiva. Levei minhas três amigas para darem testemunho que eu realmente tinha beijado o Claudinho, afinal, precisava calar as invejosas que me davam o terrível apelido de machinha! Trocamos um selinho e depois todas contaram aos quatro ventos, mesmo assim o próprio beijado teve que confirmar! Coisa mesmo de criança!

Quando foi seu primeiro selinho?

....
....
....
....
....

Sempre achei os meninos muito mais legais que as meninas para brincar. Só fui vê-los de outra forma bem mais tarde. Quando eu tinha 16 anos me apaixonei por um garoto, aí sim foi meu primeiro beijo de verdade, meu primeiro amor. Adorávamos animes, mangás e a cultura japonesa. Nossa, a gente tinha os mesmos gostos pra tudo! Víamos os filmes juntos e dividíamos a predileção pelos mesmos personagens.

Quando você se apaixonou pela primeira vez? Por quem?

....
....
....
....
....
....
....
....

Queríamos estar grudados o tempo todo e conseguimos, mesmo que meio escondidos, manter um relacionamento. Ficamos 6 meses em segredo, porque nossos pais não queriam que a gente namorasse. Minha mãe proibiu o namoro porque achava que iria atrapalhar os meus estudos. Finalmente, quando convenci a minha mãe, a dele não deixou! Achou que iria atrapalhar a faculdade. Foi tudo bem difícil.

Hoje penso que não era para dar certo mesmo, mas na época foi muito doloroso. Achei que ia morrer. Doía muito e eu não pensava em mais nada! Queria morrer. Longe do meu amor eu não poderia ficar! Muito "Romeu e Julieta", que também eram dois adolescentes. Entrei em depressão. Minhas notas caíram e eu matava muitas aulas. A única coisa em que conseguia pensar era nele. Por pouco não fiquei reprovada na escola. Minha sorte foi que o diretor entendeu a crise, passou uns trabalhos para ajudar a elevar as notas e passei. Deu tudo certo no final.

"Ficamos 6 meses em segredo, porque nossos pais não queriam que a gente namorasse."

O namoro virtual que me levou ao hemisfério norte

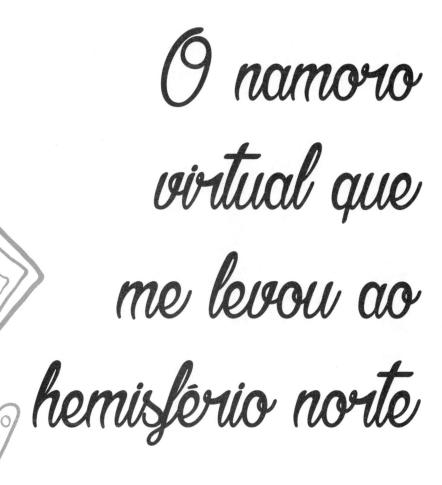

Conheci o James pela internet. Na verdade ele assistiu um dos meus vídeos cantando K-Pop e pediu para sermos amigos. Nossa amizade deu muito certo, tanto que virou um namoro de dois anos pelo *Skype*. Ele me ensinou inglês e me incentivou a fazer o intercâmbio *Au pair*. A ideia era que eu conseguisse uma família no Estado de Nova Iorque, ou perto, para que pudéssemos nos encontrar pessoalmente!

Tudo ia muito bem, na teoria, como já contei no outro capítulo; consegui passar por todos os trâmites burocráticos e fui escolhida por uma família de Chicago - que fica a 1270 quilômetros, o que dá 2 horas e meia de vôo de Nova Iorque. Tudo parecia perfeito, cheguei aos EUA pelo JFK que é o Aeroporto de Nova Iorque, ele foi me buscar no aeroporto e fomos jantar juntos.

Foi muito emocionante, um sentimento que eu nunca imaginei ter. Ao vê-lo meu coração disparou e eu mal sabia o que fazer, a única coisa que eu conseguia pensar no momento era em dar um abraço enorme nele.

Achei ele um pouco diferente do que imaginava e do que via através das câmeras. Ele era do meu tamanho e bem tímido, mas mesmo assim nos entendemos muito bem. Conversamos muito e voltei para o hotel. Na semana em que fiquei fazendo treinamento em NY nos vimos mais três vezes em jantares e cinemas.

Depois de 6 meses sentimos que não conseguiríamos prosseguir, pois os pais dele eram muito contra o namoro, pois não me achavam digna do filho deles, que fazia faculdade de odontologia! Queriam uma universitária e, de preferência, de ascendência coreana como eles! Isto foi muito sofrido. Entrei em depressão e tudo foi bem difícil. Mas dois meses depois conheci um brasileiro por intermédio de umas amigas. Não funcionou, pois nossa conexão não era tão forte. Depois de alguns meses sozinha, conheci o famoso Matt (quem me acompanha desde o começo sabe dele), e me apaixonei loucamente.

" Foi muito emocionante, um sentimento que eu nunca imaginei ter. "

Matt, o polonês, conheci através de um aplicativo de encontros muito usado nos EUA, o *Tinder*. Ficamos conversando por duas semanas pelo aplicativo para que a gente pudesse se conhecer melhor. Marcamos um encontro num restaurante. Depois do jantar, fomos ao cinema. Não me lembro do filme, mas me apaixonei de primeira! A conexão foi muito forte. Mesmo após duas semanas sem se ver, a gente se falava todos os dias.

Quando se apaixonou por alguém via internet? Conte aqui?

No dia do meu aniversário ele apareceu na casa da minha família anfitriã e, depois de um mês juntos, me pediu em namoro. Ele mesmo, muito ocupado (pois era paramédico), sempre arrumava tempo para nos encontrarmos. Os pais dele eram separados e ele, muito ambicioso, sempre sonhou alto em ter mais e mais. Na época antes de nos conhecermos, tinha aplicado para faculdades de medicina em vários estados dos EUA, mas até então nenhuma tinha chamado ele ainda. Continuamos com o namoro, algo bem conto de fadas. Foi aí que 6 meses se passaram e ele inesperadamente recebeu a carta da Universidade da Filadélfia, que o aceitou. Infelizmente ele se mudou e rompemos a relação, pois queria ficar livre e curtir a vida de universitário ao invés de continuar com o relacionamento.

Mais uma vez, em 10 de janeiro de 2014, fiquei desiludida. Era realmente uma grande oportunidade para a vida dele, mas ele me abandonou por isso. Foi complicado. Mais uma vez fiquei sofrendo por algo que não deu certo por causa do destino.

Após 6 meses, apareceu o Ron, também pelo *Tinder*. A princípio, era só meu amigo, já que ele é 10 anos mais velho que eu e me achava muito pirralha. Ele saca muito de internet e me ajudava bastante com o canal. Depois de um mês e meio passamos a nos gostar de forma diferente, e em três meses me pediu em namoro!

O destino sempre se colocou entre eu e meus amores. Nunca foi, na verdade, minha culpa ou deles! Acho que o Ron é a pessoa certa, me apoia em tudo que eu faço. Estou muito feliz com ele e acho que deve sair casamento!

Você já ficou desiludida por amor? Conte aqui:

O infinito de possibilidades para quem acredita em seus sonhos - planos para o futuro

Para quem acredita e trabalha, nada é impossível. A vitória no futuro é a consequência da luta travada no presente, no dia a dia duro e cansativo. É investindo no trabalho e nos estudos que crescemos, atingimos os objetivos e realizamos nossos sonhos.

Farei vídeos com vários YouTubers famosos para diversificar meu trabalho. Falarei sobre vários assuntos, fazendo participações especiais em outros canais e vou procurar trazê-los para o meu tam-

bém. Pretendo ampliar a minha área de atuação e pretendo ir para a Argentina, conhecer e deixar rolar as oportunidades. É tudo muito novo para mim. O crescimento do canal foi surpreendente e ainda não consigo acompanhar!

O certo é que tudo o que eu fizer será da melhor forma possível dando o melhor de mim. Por isso, estudar teatro, ampliar a capacidade de me comunicar melhor com o público e cursar uma especialização em moda são meus objetivos mais imediatos. A ideia é aperfeiçoar sempre para oferecer o melhor conteúdo a todos que me seguem.

> *A ideia é aperfeiçoar sempre para oferecer o melhor conteúdo a todos que me seguem.*

Não tenho certeza de nada, mas acho que me casarei com o Ron e ele passará um ano aqui no Brasil comigo. Porto Rico deve ser nosso primeiro destino. Polônia também é uma ideia. Morar um ano lá e circular pelo continente europeu. Quero viajar o mundo todo. Conhecer pessoas e novas culturas abre os horizontes!

Conte aqui seus sonhos e planos para o futuro:

Thalita

Save the Date

& Ron

O casamento dos sonhos

Sempre vislumbrei me casar no campo. Chegar montada em um cavalo preto, árabe e puro-sangue, com meu vestido branco esvoaçante. Um local com um grande gramado, um riacho de águas límpidas ao fundo fazendo aquele barulhinho gostoso. Para a cerimônia imagino um arco de flores silvestres brancas - fica lindo o contraste com o verde! Cadeiras também alvejantes para os convidados em baixo de frondosas árvores - poderiam ser ipês lilases floridos!

Não penso em uma festa badalada e concorrida, mas em uma cerimônia íntima para os amigos mais chegados e para a família. Como o piso é de grama, as pessoas não precisarão usar saltos gigantes, e sim sandálias e roupas confortáveis. Quando me refiro a conforto não quero dizer deselegância! Na verdade você só fica realmente elegante quando está se sentindo bem dentro do modelito!

Meu vestido branco não será tradicional. Sonho com uma saia cheia com camadas de tecido fino, como *voil* e seda para que fique leve e sensível ao vento. Uma linda grinalda de flores adornando a cabeça e meu amado noivo no altar à minha espera.

A felicidade tem que ser para todas

Thalita Ferraz

Quero ter minha linha de maquiagem. Já estou trabalhando no projeto com muita força. É um sonho, mas tudo é possível para quem trabalha e luta pelo que quer! Esmaltes com cores vibrantes e diferentes com minha marca. Este precisa sair do papel e tomar as lojas do Brasil e do mundo. Sonho com cada menina mais linda e com a autoestima lá em cima, com as unhas e rostos coloridos com os produtos Thalita Ferraz!

Mesmo morando fora nunca quero perder o contato com minha família. Eles são muito importantes. Sempre penso que um dia poderei retribuir tudo o que eles fizeram por mim. Devemos sempre valorizar a família e os amigos, pois quando você está sozinho, por baixo, é que consegue identificar quem realmente é seu amigo. Bem, família nem se fala. É a coisa mais importante do mundo!

Tudo é muito difícil, mas, se no fundo do coração, você sabe o que quer, lute, acredite, pois se trabalhar com afinco e amor vai funcionar. Pode demorar 5 ou 10 anos. Se não desistir e correr atrás do objetivo ele será alcançado! Se for batalhadora realizará todos os seus sonhos. Sempre acreditei em Deus, que ele estava sempre ao meu lado dando a força de vontade para ir em frente! Fé, amor e esperança são os pilares para que seus sonhos se tornem realidade!

Conte aqui seus sonhos e planos para o futuro:

....

....

....

....

....

....

....

....

Seu diário

Thalita Ferraz

Faça daqui seu diário!

137

Top Secrets - Segredos e Confissões

Thalita Ferraz

Top Secrets - Segredos e Confissões